Éditions Frison-Roche Belles-lettres
5, rue de Charonne, 75011 Paris

Directeur : Édouard Frison-Roche
Directrice littéraire : Katia Kaloun
Éditrice : Axelle Quéré, assistée de Marine Bourasseau
Illustrations du recueil : Flore Perrault
Création graphique et mise en pages : Charlotte Thomas

Collection Or des lignes
ISBN : 978-2-492536-16-8

Pauline Bilisari

Et demain, le soleil reviendra

Or des lignes

depuis toujours
les larmes qui coulent
d'incompréhension
face à ce monde
il est dur
il accroche
il déchire
et il brûle
mais parfois
des rencontres
qui nous changent
et nous sauvent

j'aimerais être celle
qui se présente
face aux autres
et leur fait comprendre
sans un mot
je suis là
je te vois
tu es toi
et c'est suffisant

celle qui
le temps d'un instant
les larmes dans le cœur
à coup de sourires
te fait revivre

à ceux qui se cherchent,
et à ceux qui se perdent.
à ceux qui se blessent,
et à tous ceux qui restent.

l'écriture et les douleurs de ce livre ont été bercées par les airs de :

- l'album *Planet Gold* de Sofiane Pamart ;
- « Au bord du temps » – Lindolfo Gargiulo ;
- « La fugitive » – Lindolfo Gargiulo ;
- « listen before i go » – Billie Eilish ;
- « Six Feet Under » – Billie Eilish ;
- « everything i wanted » – Billie Eilish ;
- « To Build a Home » – The Cinematic Orchestra *ft*. Patrick Watson ;
- « U-Turn (Lili) » – AaRON.

sommaire

crépuscule

j'ai toujours eu tant de mal
à parler
c'est la raison pour laquelle
j'ai commencé
à écrire

Je suis si lasse parfois, que cela me fait peur. J'ai l'impression d'être cette flamme de bougie qui vacille, de plus en plus fort, de plus en plus vite. Je n'ai pas envie que la vie me souffle, mais il commence à être loin, le temps durant lequel je n'avais pas à craindre que mon feu s'éteigne.

j'aimerais tant
un jour
être l'âme sœur
de quelqu'un

elle a posé le mot
traumatisme
à des endroits de ma vie
comme une valise
emplie de souvenirs

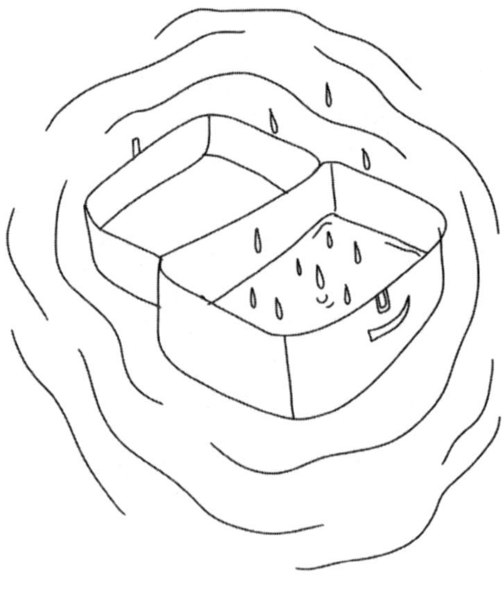

lentement
insidieusement
le temps
mes larmes
s'écoulent
s'échouent
comme la dernière cigarette
de ma vie
qui se consume

c’est là, tout le temps, sans arrêt
c’est en moi, ça ne s’en va pas
ne me quitte pas
je la ressens au fond
je la ressens comme jamais auparavant
ça ne part pas
ne me lâche pas
cette boule grandissante en moi
chaque fois que je te vois

– et même quand tu n’es pas là

comment puis-je
déjà être si nostalgique
d'un temps pourtant si
proche ?

Je me suis toujours sentie coupable de n'être que *moi*, fragile et docile face au monde qui *détruit*, comme un délicieux rouage de cette mascarade *abusive*.

j'aimerais tant
que ton cœur reflète
ce que le mien
te hurle

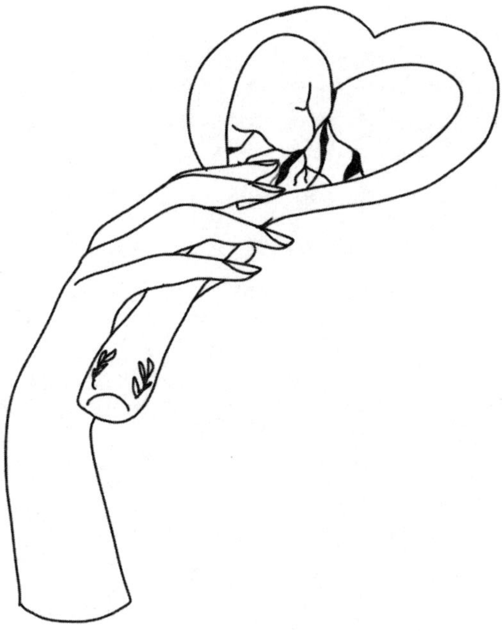

j'aimais cette tension
ce désir
cette passion
celle des premiers jeux
avant l'apanage des émotions

mes yeux dans le
miroir me <u>hurlent</u>
ce passé tourmenté

En grandissant, j'ai repris des forces, j'ai trouvé une échelle dans ce fossé et j'ai grimpé. Puis j'ai tenté de créer un pont entre mon minuscule monde intérieur et cet effrayant et gigantesque monde extérieur. Longtemps j'ai ramé, je me suis réinventée. Je me suis remise en question, souvent, tout le temps, pour mieux m'adapter à l'environnement dans lequel je me noyais. Puis je suis devenue cette fille à la personnalité un peu caméléon, qui change de visage et de discours au gré de son milieu et des gens qui l'entourent. J'ai barricadé qui j'étais au fond, pour correspondre à ce qu'on attendait de moi.

puisse-t-on
ne serait-ce qu'un jour
m'admirer
du même regard
que celui du sélénophile
devant la lune ébahi

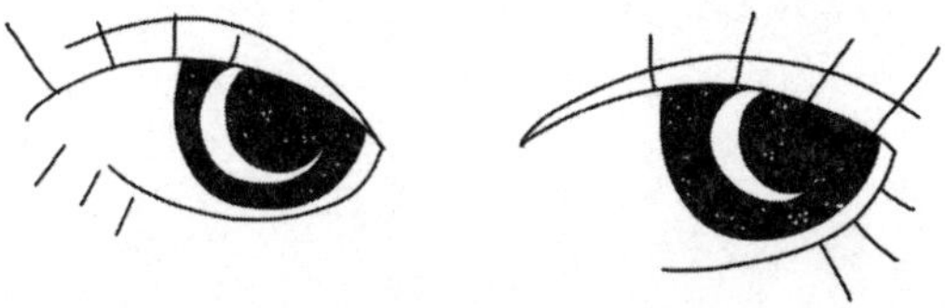

les mots doux
de tous les hommes
que je rencontre
depuis *toi*
ne me font
rien

d'aussi loin que je me souvienne,
j'ai toujours aimé la pluie,
peut-être parce qu'elle me rappelait
celle qui détrempait mon esprit

je n'arrive pas à chasser de mon cœur
tout ce que j'ai pu ressentir
près de toi

je n'arrive pas à chasser
l'émoi des premiers regards,
l'excitation des premières fois,
qui ne se sont pourtant jamais passées
auprès de toi

je n'arrive pas à chasser
le souvenir de toutes ces fois,
où j'aurais juste voulu que tu me prennes,

avec toi,

et que tu m'emmènes,
loin de moi

je ne crois pas en moi
seulement en l'espoir
que d'autres le fassent
à ma place

ils m'ont dévêtue de ma confiance,
attaque après attaque,
comme on dépossède un nourrisson
de la chaleur maternelle

j'ai appris à mes dépens
qu'être un enfant
n'a aucun poids
quand le monde n'est pas prêt
à vous écouter

je confonds certainement
désir et amour,
mais c'est que je n'ai connu
que le premier,
sans jamais expérimenter
aucun des deux

LA VIE PORTE
À SON COU
LE PARFUM
D'INJUSTICE

je me suis assise au piano
les doigts sur le clavier
prête à composer
avec ma douleur

je me suis toujours sentie de trop
même lorsque j'étais *seule*

pour lui
je n'aurais porté
que mon sourire
mais même ça
il n'en voulait pas

dans ce monde où tout s'efface,
les mots sont ce qui reste,
preuves que nous avons existé,
au-delà des souvenirs qui disparaissent

l'amour
c'est ce sentiment effrayant
exaltant

celui qu'on rencontre en rêve
celui qu'on recherche en vain

dis-lui *je t'aime*
avant qu'elle ne parte
avant qu'elle ne s'envole

imagine qu'elle disparaisse
sans jamais avoir su
à quel point on l'aimait

ne serait-ce pas cruel ?

Tu as été ma plus grande évidence,

sans doute n’étais-je pas la tienne.

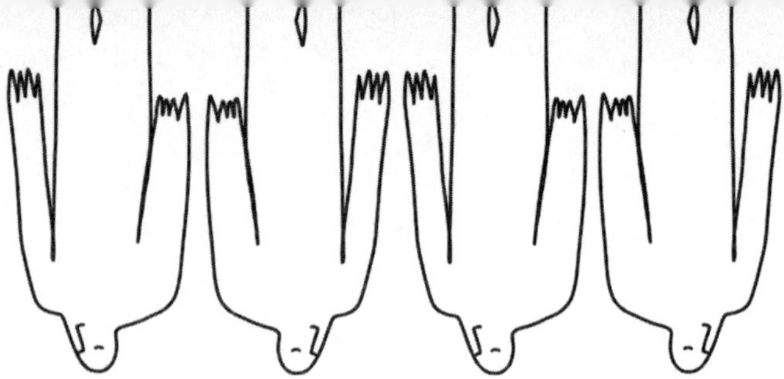

Je me sens encerclée, mise en cage, je ne sais plus distinguer le ciel. Les ombres m'effraient, elles ne cessent de danser, et je sais qu'en les touchant, je serais prise en leur for, prise au piège, et cela m'est trop dur à imaginer.

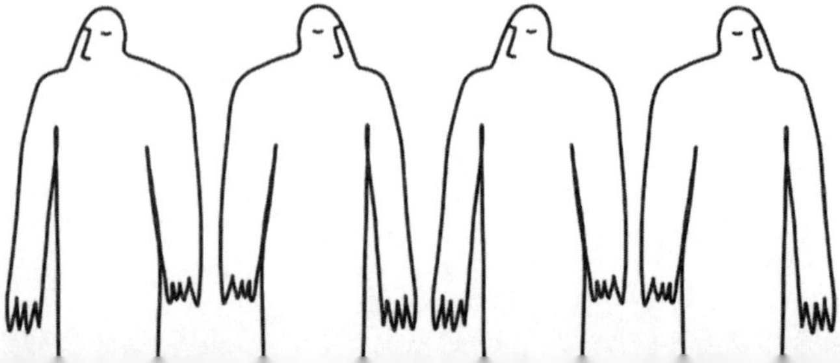

je me suis entichée d'un homme
qui ne voulait pas des cris de mon cœur
je sentais pourtant si fort
les clameurs de son corps

la nuit
je marche vite
j'ai peur des ombres
mais il n'y a personne
derrière moi
seulement le doux rappel
de mon amère solitude

tes sourires me semblent
si lointains, que je
peine à m'en souvenir

il me disait
tu es différente des autres
mais je n'entendais que le
trop
qu'il taisait pourtant

je ne me suis jamais sentie
à la hauteur des quelques rayons de soleil
sur ma peau
bonheurs éphémères
ni légitime face aux gouttes de pluie
sur mes joues
quand tant d'autres survivent
sous la foudre
comment ne pas craquer
lorsque le sentiment d'imposture est
si constant ?

peut-être que dans
notre réalité
« toi » et « moi »
ne rimaient pas

rien ne tourne rond dans ce monde,
simple structure ébranlée,
ni ses lois, ni ses règles,
ni toi, ni moi,
ni ce *nous* qui reste à plat

il m'arrive de me sentir si proche, et si

loin

à la fois,
des gens qui m'entourent :

semblable jusqu'à un certain point,
mais parfois si différente,

comme la Lune au milieu des étoiles

mais, dans mes rêves,
nos amours étaient si belles
que quoi que la réalité ait à m'offrir
j'ai peur qu'elle me déçoive

il y a des mélodies
que je n'oublie pas :

celle de son sourire,

et celle de ses larmes

PEAU PARFUMÉE
À L'ODEUR
DE LA PLUIE

le monde m’angoisse
me terrorise
me brûle
je grandis
mais
l’enfant que je suis encore
tremble toujours
les cauchemars
ont fui mes nuits
à l’assaut
de mes jours

et toi
quelle est la personne
qui t'a un jour
persuadé
que tu ne valais
rien ?

éclipse

je ne vois plus rien
que la nuit
qui s’étend
dans mon cœur
mes angoisses
la douleur
et la peur
de ne plus jamais
revoir
la lumière

je n’ai plus de souvenirs
du soleil
sur ma peau
mon visage
ou mon âme
je ne me rappelle que la pluie
diluvienne
torrentielle
qui s’abat si souvent sur mes joues

à 11 ans
j'ai pleuré mon plus grand rêve
j'ai pleuré ma vie
et le bonheur qui s'en échappait

à 11 ans
j'ai connu la déception
la dépression disait ma mère
j'ignore si c'était vrai
mais je me rappelle
avoir voulu disparaître

à 11 ans
j'ai senti ma vie s'écrouler
mon avenir s'envoler
j'ai rencontré la réalité
mais c'était bien trop tôt

la détresse *psychologique* est parfois un curieux moteur *artistique*

et ce soir de nouveau je craque
parce que je n'oublie pas
que le seul endroit où tu demeures encore
est celui de mes souvenirs

– et que ta disparition me déchire toujours autant

elle a hurlé comme le monde la déchirait
la détruisait
la calcinait
mais il était trop tard :
elle était déjà consumée

je ne sais pas comment faire face
comment affronter la vie
ses obstacles
et me relever
sans m’effondrer à chaque pas

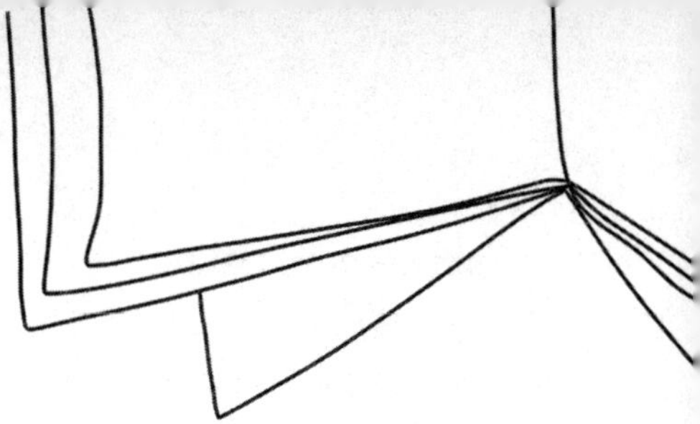

rayée
comme ces pages ~~raturées~~
de mes pensées torturées

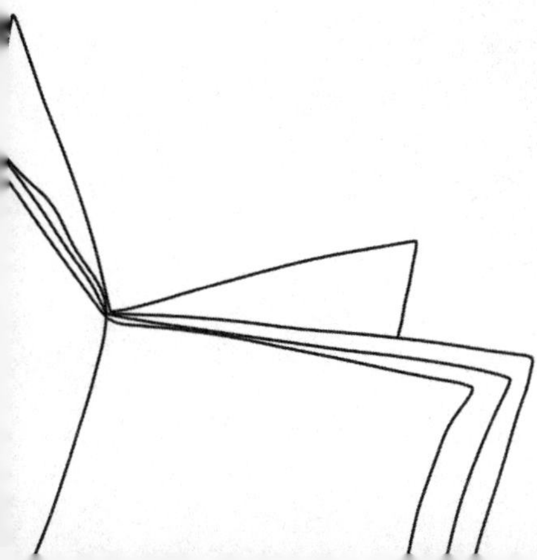

et toi
comment tu la ressens
cette douleur
qui ne cesse
de s’étendre
dans ton âme ?

j'ai été une adolescente silencieuse
peut-être pas au sens auquel la plupart le
conçoivent
peut-être pas au sens de la société
et pourtant
j'ai connu ce silence envahissant
celui de la souffrance qui transcende
sans jamais se faire entendre

amère mélancolie
des temps passés
m'emmène au paradis
des âmes brisées

le plus dur, c'était ce
je ne suis pas prêt…
derrière lequel il taisait si mal son
à t'aimer…
toi

effrayée par le temps
qui s'égrène et s'envole
les grains du sablier s'écoulent
et j'essaye de les retenir
les maintenir
près de moi
ces années qui m'échappent

– mais je ne fais que les disperser un peu plus

ils n'ont jamais su à quel point
la détresse de mon âme était
grande, immense,

et à quel point cette tache noire,
qu'elle représentait, surpassait
tout le reste

Le poids de mes souvenirs est lourd. Trop lourd pour pouvoir s'amoindrir en si peu de temps. Bien trop lourd pour pouvoir réellement s'estomper un jour.

j'ai parfois eu si mal de vivre
que je me suis demandé
si le soleil brillait toujours
et s'il guiderait mes pas
malgré la nuit dans mon esprit

parfois
je voudrais tant être comme toi
forte
combattante
avoir la rage de vivre
et de hurler qui je suis
mais moi
je n'ai jamais supporté le conflit
je n'ai jamais su m'imposer
alors je préfère m'effacer
quitte à m'oublier

je suis épuisée de ces cœurs
qui s'enlacent et se désunissent,
de mon cœur qui (se) bat
pour finir à l'agonie

je crois que la nuit
m'a toujours effrayée

je parle de ces nuits
aux étoiles invisibles

dans le noir, je me dis
crois en toi
tu es forte
tu es belle

mais le miroir foudroie
tu es fade
tu es lâche
tu n'es rien

et
avec lui
le néant
de la

h
a
i
n
e

pardon
pardon d'être qui je suis
pardon d'exister
pardon de vivre
ce sont les cris que mon cœur
a si longtemps hurlés

je n'ai vu aucune larme dans tes yeux
le jour de ton départ
seulement l'épuisant reflet des miennes
dans lesquelles je me noyais

la souffrance de ta perte ne s’efface pas
je sens encore mon cœur se déchirer
comme la première fois

les larmes sur mes joues ne se tarissent pas
mon monde s’écroule à nouveau
le souvenir de ton départ me hante

je n’arrive pas à faire face
pas encore
et repenser à toi
c’est faire face à ton absence
et à ce manque qui ne me quitte pas

Et si demain disparaissait, que resterait-il de moi ? Que retiendrait-on d'autre que cette artiste insipide, sans doute un peu fade et trop sensible ? Seules mes larmes aujourd'hui sont la preuve ostensible de la vie qui m'anime.

je me suis toujours
servie de la pluie
comme de ma plus grande muse,
c'est peut-être pour cela
que j'ai si peur
de voir le soleil
entrer dans ma vie

l’appel à l’aide d’un enfant
est parfois si discret
qu’il passe inaperçu
même aux yeux de ceux qui l’aiment

je t'en supplie
aime-moi
ce sont les mots
qu'il a refusé
d'écouter

même à mon art
je lui danse ma douleur

jusqu'à aujourd'hui
je n'avais jamais osé écrire
qu'il fut un temps dans ma vie
où j'aurais voulu mourir

J'ai vu la douleur s'infiltrer par tous les pores de son corps, sans pouvoir l'intercepter. J'ai vu ses larmes s'abattre, détremper ses joues, noyer son sourire. J'ai même vu sa souffrance s'inscrire sur sa peau, dessinée à l'encre de sa vie.

depuis toujours
j'ai la sensation que quelque chose
quelqu'un
me manque
sans jamais l'avoir trouvé

alors j'attends

inexorablement

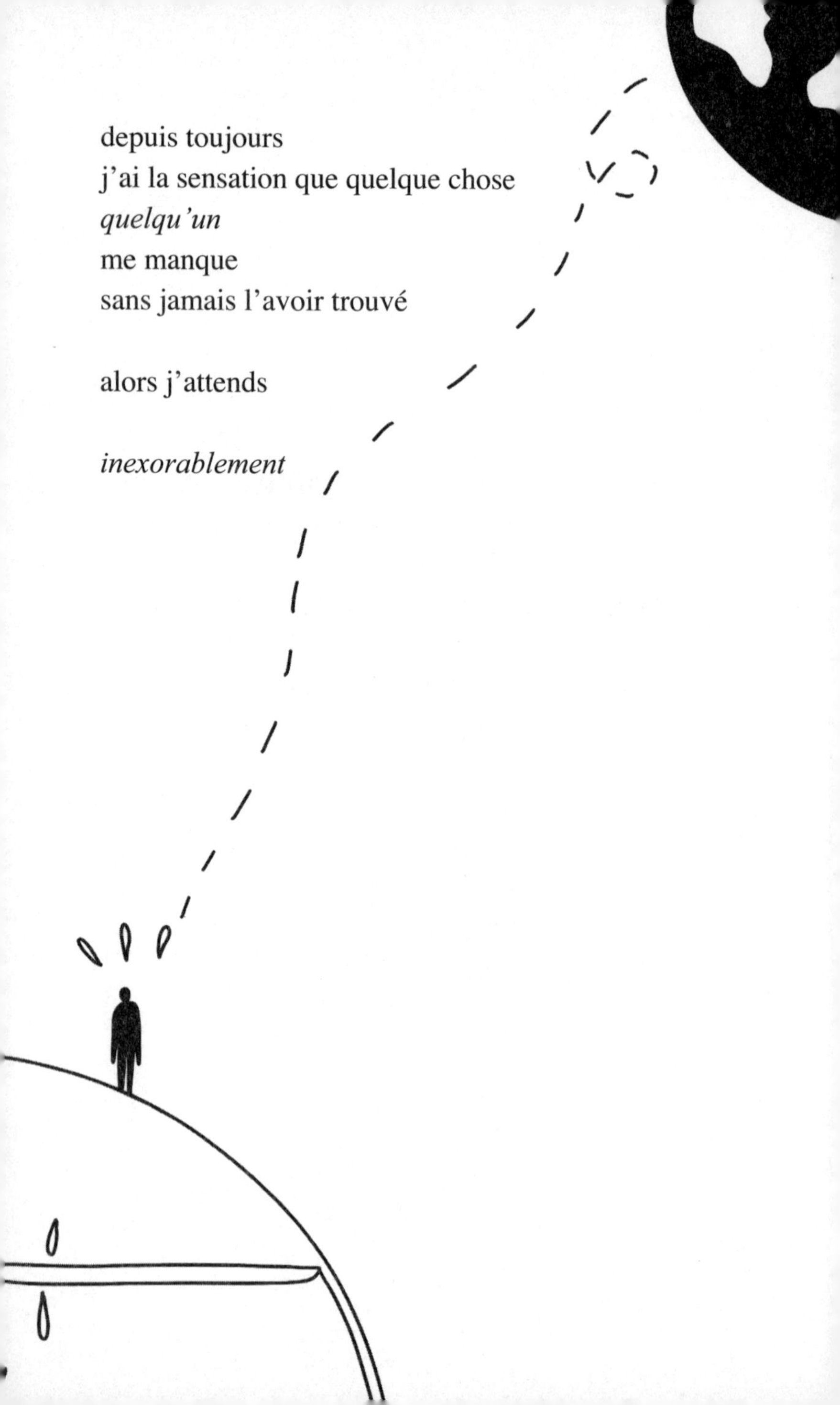

Elle a écouté mes larmes couler, durant tant d'années. Aujourd'hui, je ne sais plus à qui confier ma douleur. Elle fait tant de bruit.

mon coeur
est un tombeau
d'espoirs déchus

aujourd'hui encore
je me souviens de ces nuits
passées à pleurer
sans pouvoir m'endormir
de peur qu'à mon réveil
on m'annonce ton départ

j'ai 16 ans,

et pour la première fois, un garçon m'apprécie.
il me trouve jolie,
me le dit,
me le répète.
je le contredis sans cesse lorsqu'il souhaite me dire
qu'il m'aime,
parce que, moi, je ne m'aime pas,
et que je ne comprends pas comment lui le pourrait.
on se cherche,
on se trouve,
on apprend à se connaître.
il a envie de m'embrasser,
me toucher,
me caresser, *je le sais.*
mais moi, je suis une enfant,
je ne sais pas comment agir,
je ne sais pas quoi faire,
je ne sais pas l'aimer,
je ne sais pas m'aimer.

au bord de mer, on discute,
on rit,
on s'amuse.
il veut m'embrasser, *mais je refuse.*
je ne sais pas faire,
j'ai trop peur,
je n'ai jamais embrassé personne.

personne n'a jamais voulu de moi avant lui.
je suis allongée sur une pierre,
il s'approche,
se rapproche,
et sa bouche se pose sur la mienne,
puis sur mon cou, sous mon oreille.
il m'embrasse, *c'est la première fois*,
et moi, je ne bouge pas,
je frissonne,
je suis tétanisée.
je ne veux pas,
pourtant il est là,
au-dessus de moi.
alors je le repousse, il est vexé, et on s'en va.

j'ai 16 ans,
je suis une enfant,
et pourtant déjà,
un garçon me touche sans mon consentement.

je n'étais pas là
le jour où elle est partie
je n'étais pas là
et je n'ai pas pu
la serrer dans mes bras
une dernière fois
et lui dire
à quel point je l'aimais
qu'elle était tout
ce que j'avais
et que dans son dernier souffle
avec elle
une part de moi
est morte aussi

c’est si long

toute une vie

sans s’aimer

ma confiance en moi
ils me l'ont volée
chaque jour
un peu plus fort
enterrée
chaque soir
un peu plus loin

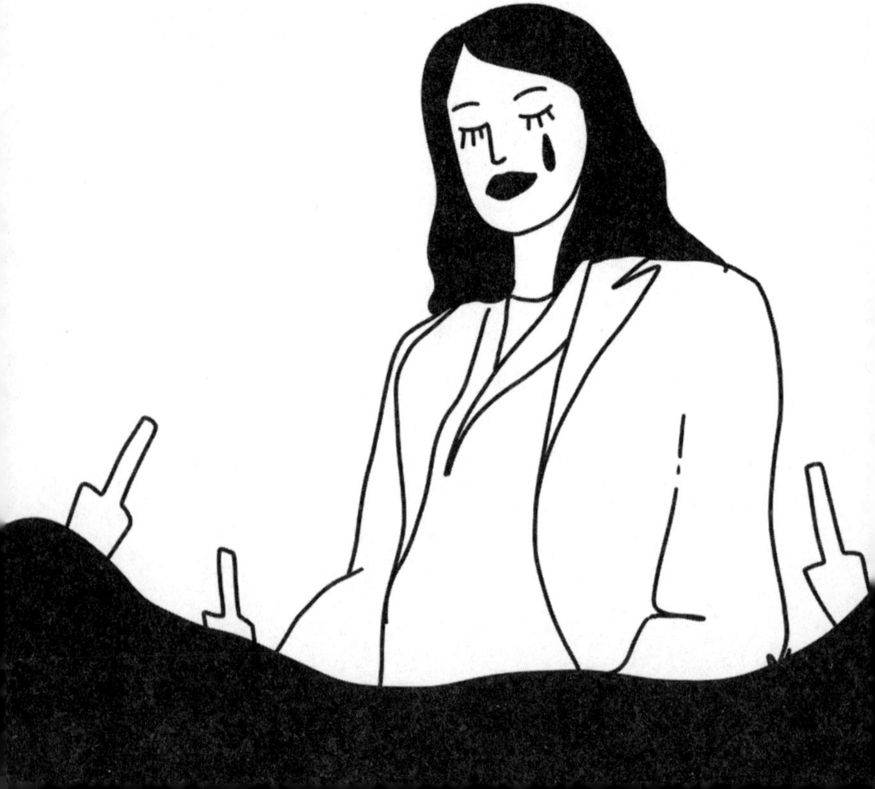

j'étais dans le noir
le visage et les pensées embués de larmes
de peur
de haine
et de douleur

j'étais dans le noir
tard dans la nuit
tôt dans la vie
j'écrivais ou je hurlais
personne n'aurait su dire

c'est un tango
que dansent mes émotions
rythme effréné
endiablé par la douleur
que je ne sais plus ôter
de mon cœur
c'est un tango que je danse seule
ce soir
là où je ne suis pas
là où
l'on m'a ôté le droit d'être

mes larmes
jouent un pizzicato
succession d'arpèges
dévalant ardemment
mes joues

je n’arrête plus de pleurer
échouée sous la pluie
échouée dans la nuit

quand même tous les efforts
ne suffisent pas
que reste-t-il de juste
de loyal
pour comprendre
et accepter ?

quand même tout le courage
n'a pas sa place
dans la bataille
que reste-t-il d'autre
que les larmes ?

les mois passent
mais toi
tu restes là
dans mon cœur
ancrée dans ma douleur
tu me fais mal
tellement mal
je n'arrive pas à vivre sans toi
je n'arrive pas à l'accepter
je ne peux pas
pas encore
ton absence prend trop de place

Je ne crois pas avoir un jour osé avouer comme les pensées de l'adolescente que j'étais me donnaient envie de tout lâcher. Je ne crois pas avoir un jour osé poser ces mots « j'aurais voulu partir » quand ils résonnaient pourtant si forts en moi. Avant cette nuit, je crois que je refusais de me souvenir de ces pensées torturées qui m'ont si souvent traversée.

leurs rires
et leurs messes basses
c'était mon cœur
qu'ils déchiraient
à coups de mots
d'enfants trop rudes

aux yeux du monde
elle n'était rien
j'aurais tant voulu leur hurler
que des miens
elle valait tout
mais ils n'auraient pas compris

mon anxiété
est un vêtement
bien trop lourd
à porter
quotidiennement
un pull noir
velouté
trop étriqué
qui m'empêche
de respirer

une heure du matin
je ne sens plus rien
mes larmes
ont tout emporté

tant de mots
dans ma gorge
coincés
les silences
qui s'étendent
un blocage
déchirant
souvenir
de ces nuits
foudroyée
par la pluie

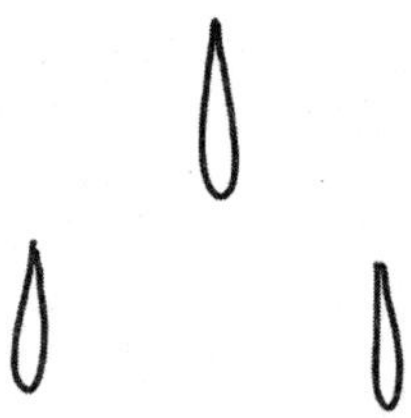

j'ai grandi
sous
la pluie

aube

j'aperçois lentement
ses premiers rayons
qui prennent place
illuminent
mes cheveux
ma peau
mon cœur
mais ils sont si faibles
je crois que
pour le moment
cela ne suffit pas
la nuit
est encore là
sous ce manteau
de lumière

j'aimerais tant prendre dans mes bras
la petite fille que j'étais
et lui dire que tout ira bien
que rien n'est de sa faute
et que c'est le monde
qui n'est pas adapté

j'ai grandi sans savoir qui j'étais
sans comprendre pourquoi le monde
ne me semblait pas tourner rond
ou plutôt
pourquoi *moi*
je ne le faisais pas
j'ai tenté de me construire
sans réponse à mes questions
à mes angoisses
et à mon anxiété constante
j'ai fait face à l'incompréhension
de ma famille
mes amis
tout mon entourage
et surtout la mienne
j'ai passé dix-neuf ans à attendre
à souffrir du monde qui m'entourait
à le subir
sans savoir que ce n'était pas moi le problème
mais le fait que les gens comme moi
soient encore si mal connus
dans ce système solaire

– je suis comme Vénus, l'une des seules planètes à tourner dans le sens inverse

le danger, ce n'est pas mourir

le danger, c'est vivre

vivre comme on en a envie

ils ignoraient qu'être moi
c'était être transpercée de part en part
par tout et n'importe quoi
devoir apprendre à s'asseoir sur ses peurs
et à nager dans la douleur
combattre ses démons
à répétition
avancer dans le brouillard
et réussir à voir dans le noir
et ils ignorent encore qu'être moi
c'est avoir mal
tellement souvent
mais surtout vivre
tellement plus fort

de mes larmes
j'ai rempli un arrosoir
qui a donné naissance
aux plants de mon art

Certains bonheurs sont aussi fragiles qu’un champ de coquelicots,

c'est pourquoi il faut en prendre soin,
sans oublier de les aimer.

nuit écourtée
à ne rêver
que de toi

– une insomnie au goût de délice

ça suffit
je ne veux plus être cette fille
qu'on effleure
qu'on caresse
de mots doux
mensongers
carnassiers
désormais
je veux sentir la profondeur
de chaque mot
et chaque geste
qu'on déploiera
à mon égard et
seulement pour moi

penser à toi
et sourire
te regarder
et rougir

– c'était peut-être ça, (t')aimer

et peut-être qu'hier
mes larmes ont coulé
en sachant qu'elles ne le feraient
jamais plus pour lui

j'aime que le vent
fouette mon visage
et dompte
sauvagement
mes humeurs
tous ces moments
durant lesquels
je me sens en vie

le bruit des vagues me ramène
au temps de l'insouciance
au temps de l'innocence
celui qui m'a échappé il y a si longtemps
que je ne sais plus retracer
ni même imaginer
le bruit des vagues m'apaise autant
que les photos de mon enfance

j'attends ce jour
où quelqu'un m'aimera
comme je peux aimer
le monde

je me languis de trouver l'amour
qui fera chavirer mon cœur
et se renverser mon âme entière

le jour où elle a prononcé le mot
harcèlement
pour décrire mon passé
j'ai senti mon cœur se serrer
se serrer pour se délester
de presque dix années
passées dans le déni

– ce mot que je n'avais jamais osé poser

il subsiste une angoisse, dont personne ne parle :

la peur d'aller bien, et que tout ne s'efface

je te demande pardon
d'avoir laissé la
douleur envahir nos
souvenirs

Il y a certains épisodes de ma vie, mon passé, que je ne suis toujours pas capable d'aborder paisiblement. Des sujets dont je me refuse de parler, ou que ma mémoire a préféré évincer. Car mon esprit est toujours incapable de faire face à la douleur, et de s'en défaire encore des années plus tard. Mais je garde l'espoir qu'un jour, tout finira par s'arranger. Que les souvenirs s'effaceront, avec le temps, et qu'ils laisseront place au présent, à la beauté des instants, à la possibilité d'un futur sans démons intérieurs à mes trousses. Je garde l'espoir qu'un jour, les traumatismes disparaîtront, et me libéreront de leur emprise abusive.

Mon corps est empli de souvenirs

que mon esprit a préféré oublier.

parfois
enfin
j'entends mes angoisses
se taire
dans ma tête
et tout mon être

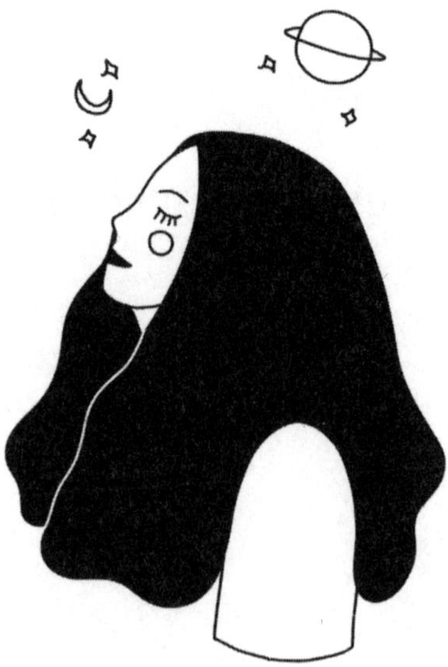

j'aimerais tant que l'on
voie en moi ce que
je suis <u>incapable</u> de
voir

je me guéris
mais c'est long
c'est épuisant
ça fait mal
et parfois
ça n'avance pas

je me soigne
à coup de mots
à coup de psy
à coup de *ça ira mieux demain*
mais le lendemain
ça ne va pas mieux

et je me drogue
à l'art
à l'amour
à la vie
pour atténuer la peine que j'ai
à survivre dans ce monde

pourquoi as-tu si peur du soleil ?

ses rayons. j'ai peur qu'ils
effacent tout ce que la pluie
a construit.

je me suis toujours demandé
si tu avais eu mal de me laisser
si tu avais eu des remords
ou un soupçon d'hésitation
aujourd'hui je me dis que
quoi qu'il en soit
il est trop tard
j'ai reconstruit ma vie
malgré le trou béant que tu y avais laissé
et peut-être que je devrais finalement te dire
merci
de m'avoir lâchée ce jour-là
plutôt que dans quelques années

UN JOUR
JE NE CRAINDRAI
PLUS
D'ÉCLATER
EN SANGLOTS
DEVANT EUX

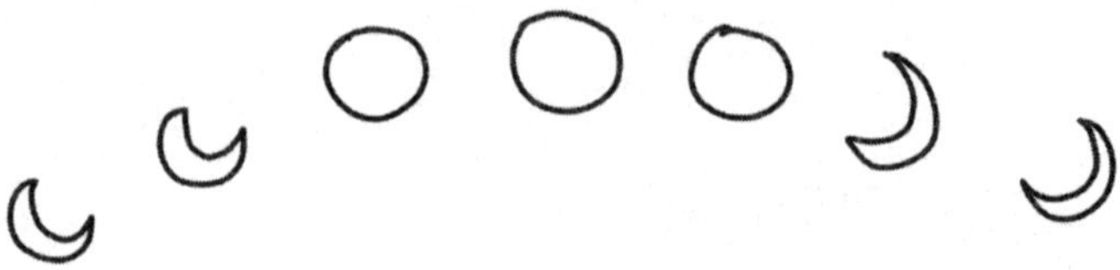

je sens le jour se lever sur la nuit de mon cœur

même si le soleil prend du temps à arriver

il y a tant de personnes
à qui je voudrais pouvoir dire

je vous aime

malgré nos erreurs
malgré nos douleurs

je me cherche encore
chaque jour qui passe
derrière chaque sourire
chaque éclat de rire
de colère
d’amertume
ou de larmes
je me cherche
parce que je suis perdue
depuis toujours
tapissée
dans l’ombre du soleil

mais un jour
un matin
je me réveillerai
chatouillée par ses rayons
et ce jour-là
il reviendra
le soleil

demain peut-être ?

aurore

ce matin
je me suis regardée
et j'ai souri
comme si je me découvrais
pour la première fois

le bonheur
a le goût du
soleil

si le soleil resplendit
c'est qu'il a vu passer la nuit
les nuages
et la pluie
avant de rejaillir

je suis l'arc-en-ciel qui jaillit
fébrile et délicate
le plus parfait alliage
du soleil et de la pluie

l'amour est comme une douceur
sur le coin de la langue

fragile

subtil

on s'en délecte avec langueur
ou bien on le consomme avec ardeur

minuit passé
je conduis vite
à transpercer la nuit
la musique hurle
dans mes tympans
un air de rédemption
de guérison
je chante
je crie
je vis

tu es magnifique
comme la lune
comme le soleil
comme la galaxie tout entière
tu rayonnes autant que ton sourire
lorsque tu le laisses paraître
et que tes yeux qui brillent
après avoir laissé tes larmes couler
tu es magnifique
comme cette personne que tu souhaites tant être
et elle est là
au fond de toi
entre les ombres qui tapissent ton cœur
elle est là
elle est toi
si seulement tu la laissais s'épanouir

chéris chacune de tes peurs
chacune de tes angoisses
car elles sont là pour te rappeler
que tu es *humain*
et que malgré leur présence
tu es bien vivant

j'ai appris à danser
sous la pluie
pour me souvenir
que j'étais en vie

Grandir, travailler sur soi, c'est aussi admettre ***qu'on ne peut pas tout contrôler***. Qu'il y a des choses qui nous échapperont toujours, même quand on veut ou pense de tout son cœur bien faire. C'est accepter de prendre du recul sur son passé, parfois même de ***s'y confronter***, pour se façonner un avenir plus sain. On fait des erreurs, sans arrêt. Des erreurs de jugement, des erreurs dans nos actes, nos paroles, parfois même dans nos pensées. ***On fait des erreurs, constamment,*** mais avant tout, on se construit et on mûrit. C'est douloureux, de se retourner, se regarder dans un miroir, ***et accepter***. Accepter ses maladresses, ses torts, et ses souvenirs. Mais c'est le seul réel moyen d'avancer. Alors un jour, demain, dans deux semaines ou dans un an peut-être, ***tu seras prêt***. Ce jour-là, tu pourras regarder derrière toi et affronter ces images qui te font encore si mal, mais surtout, tu pourras regarder à côté de toi, en comprenant enfin que ton passé, tes erreurs ou tes peurs ***ne déterminent pas qui tu es***, et encore moins la personne que tu seras demain. Et peut-être que, ce jour-là, ***tu accepteras enfin de vivre sans le poids de tes souvenirs***.

mon corps
pardonne-moi
de n'avoir jamais
été capable
de t'aimer
comme je l'aurais dû

je m'aime aujourd'hui
un peu plus qu'hier
un peu moins que demain
toujours pas comme il faut
mais c'est mieux que rien

je sais que la vie est rude
mais ne dissimule pas tes larmes
ne cache pas ta force
tu es tellement plus
que tout ce que l'on t'a fait croire

J'aime que le soleil tanne ma peau, que la pluie frappe mon visage, que la neige glace mes doigts et ***que l'orage berce mes nuits***. J'aime que la nature respire et se déchaîne autour de moi, et me perdre dans l'idée que je ne suis rien de plus qu'un grain de sable dans le désert de la vie. ***J'aime que le vent me bouscule***, et lutter contre lui. J'aime que les arbres frémissent au passage de la brise. J'aime voir le monde se mouvoir ***lorsque j'en suis incapable***, et sentir que sa puissance émane au moindre de ses gestes, même les plus désespérés. J'aime observer la nature, car elle me pousse à croire que, peut-être ***moi aussi***, je peux vivre sous la pluie.

TRANSFORMER
SA DOULEUR
EN UN CHAMP
DE FLEURS

j'ai longtemps été si peu reconnaissante
envers le monde
et envers la vie
pourtant aujourd'hui
je prends conscience de leur beauté
et des trésors
qu'ils m'offrent chaque jour

À toi,

Tu sais, j'apprends encore à me reconstruire sans toi, et à guérir de toi. À vivre sans ta présence, ton sourire ou tes éclats de rire. J'apprends à vivre pour moi-même, sans plus dépendre de quiconque.

Aujourd'hui, il m'arrive de sourire lorsque je pense à toi, à nous, au passé ; et regarder nos photos ne déclenche plus ces torrents de larmes sur mon visage. Seulement la nostalgie de ces années, et la fierté d'avoir avancé.

J'espère que tout va bien pour toi, et que la vie n'est pas trop rude. J'espère que tu grandis et t'épanouis, et que tu apprends toi aussi à t'aimer. Tu le mérites. Malgré tout. Malgré nous.

je ne cesse pas de l'attendre
l'amour de ma vie

j'ai simplement cessé de l'attendre
pour me guérir

Guérir,
c'est sourire
à ton souvenir

l'ardeur qui m'habite
est la plus grande force
que je possède
robuste et effrayante
aux yeux du monde
mais aujourd'hui
je décide de ne plus en avoir peur

je suis une passionnée
de la vie
et de ses délices

je ne sais pas vivre
autrement
que par passion

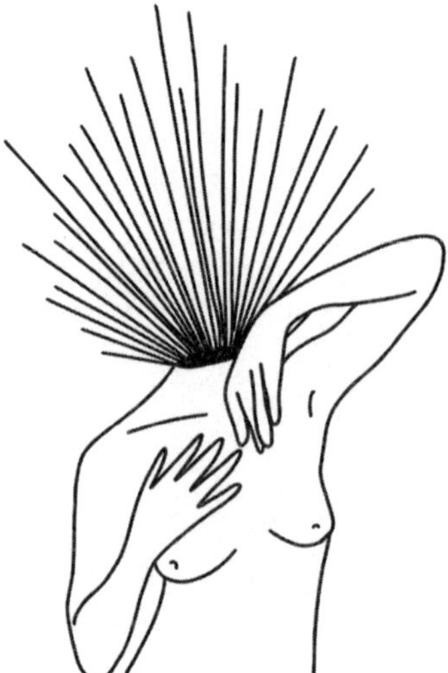

Ne te fustige pas
d' exister

Mon passé m'a appris à tomber, à m'écraser face contre terre sans pouvoir me relever. Il m'a appris à souffrir à en vouloir mourir, et que toutes les meilleures intentions du monde ne suffisent pas, si l'on ne veut pas réellement s'en sortir. J'ai appris à fuir face aux conflits, et à tourner le dos à mes ennemis. À les tapir dans un coin de ma tête en espérant faire comme s'ils n'existaient pas, en priant qu'un jour peut-être, ils finissent par disparaître.

Mais avant tout, mon passé m'a appris à grandir. À continuer de vouloir sauver le monde, mais sans plus oublier de me sauver moi. Il m'a appris à avoir mal de toute mon âme, mais à me battre contre mes angoisses. Contre les obstacles. Mais surtout pour mes rêves et mes valeurs. Mon passé m'a appris que si je suis encore là, dans ce monde, c'est que j'y ai ma place. Et que dans la vie, les épreuves détruisent parfois, mais ne nous définissent pas.

il y a des lieux
que mon corps
n'oublie pas
à chaque
nouveau passage
le bourdonnement
de mes souvenirs
fait rage
dans mon ventre

je continue de me *re*lever
chaque jour
~~mais~~
même si
je ne sais pas où aller

sous le ciel bleu
ensemble
une promenade
des vélos
et les arbres
qui guident nos pas
tu me fais sourire
je te regarde
et te dis
être là, aujourd'hui, je crois que c'est ça,
le bonheur

ma thérapie
c’est chaque jour
me relever
de mes peines
de la veille

Je me suis rencontrée, un matin d'hiver, dans le cabinet d'une psy, les larmes en cascades sur mes joues. Je me suis rencontrée, jeune femme blessée, déboussolée, dépassée, et je me suis confrontée à ce reflet de ma personnalité. Je n'avais dans mon sac que de la douleur, des peurs, des questions sans réponse et des larmes. Tellement de larmes.

Puis je me suis de nouveau rencontrée. *Hypersensible. Haut potentiel. Surdouée.* J'ai toujours été trop. Trop émotive. Trop sensible. Trop compliquée. Trop étrange. Trop différente. Trop tout. Mais ce jour-là, je n'étais pas *trop*. J'étais juste moi. Avec les bons mots. Les bonnes réponses. Et je me suis trouvée, à quelques jours de l'été.

Ma différence,
j'en ai fait de
l'art

à chaque nouvelle étape de ma vie
je pleure la fin de la précédente
comme éprise d'une précoce nostalgie
à l'idée de l'absence
qui bientôt transcende
je pleure une partie de moi
de qui je suis
que je laisse derrière
au-delà de mes remparts
parce que je ne me sens pas capable
de substituer
le manque d'hier
par la frénésie
de demain
je n'ai toujours pas compris
que je peux vivre
dans l'ivresse des deux
accueillir l'avenir
sans effacer le passé

remerciements

à ceux qui sont partis
à ceux qui se sont envolés
à ceux qui m'ont aimée
et à ceux qui sont restés
les mots me manqueront
toujours
pour parler de vous
vous remercier
d'avoir habité
mon existence
le temps d'un instant
ou celui d'une vie
toutes ces personnes
qui m'aident
à guérir
et à voir en moi
la lumière
que je n'ai jamais su discerner

à Katia
pour avoir vu
le soleil
dans mon cœur

à Flore
pour avoir rendu ce rêve plus beau
une fois de plus

et j'aimerais dire merci
à ces personnes qui restent
malgré tout
malgré moi

lorsque le soleil disparaît
ce n’est jamais vraiment la fin
seulement une page
qui se tourne
jusqu’à la prochaine
aurore

Dépôt légal : novembre 2021

Achevé d'imprimer en février 2022
par la Nouvelle Imprimerie Laballery.
N° d'impression : 201640
La Nouvelle Imprimerie Laballery est titulaire du label Imprim'Vert.

Imprimé en France